共生

伊奈 治句集

ふらんす堂

句集　共生／目次

句集　共生

形代

平成二十八年

大吉やその天辺に初日の出

年玉や笑ひ上戸のけふの父

余寒なほ日のある内の酒二合

ものの芽をルーペに拡げお墨付き

手の平に光放ちて蛍烏賊

竜宮の門覗きゐる朝寝かな

気がつけば孫の句ばかり葱坊主

長閑なる米国籍の嬰の顔

鳥雲に摩天楼より手を振れば

孫抱いてどつと年寄る夢見月

時差呆けや目深に被る春帽子

胃カメラの咽喉をするりと亀の鳴く

先行きを斜めに読んで雨燕

ごきぶりが飛んで火急の用一つ

身の上は明かさず終ひ蝸牛

円高に梯子外され五月闇

火蛾舞へり運命線を見てをれば
形代にひら仮名で書くわが名かな

夏暁のスイスホルンのこだまかな

遠花火生家離れて四十年

茄子の馬話しそびれしこと一つ

一葉落つまだ手付かずの老い仕度

其処此処に底入れ気配地虫鳴く

秋声や吾が耳奥に神宿る

馬追や折り目の失せし一張羅

月見るや睡魔が瞼閉づるまで

声上げて腸から喰らふ初秋刀魚

一人居の余生は軽し痩せ秋刀魚

烏瓜吊つて一人の茶の間かな

父を訪ふそろそろ後の更衣

黄落や反り身で摑む撞木紐

竜の玉妣のひと言秘めしまま

元気かと手ぶらで見舞ふ小春かな

大仰に手刀切つて神迎へ

ささくれし魚板の窪み初時雨

洗心の程は問はずに大師講

狐火や土瓶の蓋を盃に

大望は疾うに忘れて懐手

三つ目の宿痾貌出す寒さかな

泥付きの葱丸焼きに身養生

世話役を譲る算段笹子鳴く

夏燕

平成二十九年

俵子の縁起さて置き箸運ぶ

ここだけの話がひとつ初電話

手に享けて片目入れたる福達磨

手を挙ぐるだけの挨拶初稽古

建国日押し問答に押されけり

欠伸して吾が魂の陽炎へる

生業を問はれてゐたる夜の朧

宮仕へ辞して幾年蜆汁

蕗味噌や李白と酌まん旅の酒

近頃は引き算ばかり涅槃西風

お遍路や世間に疎くなるばかり

金縷梅や転迷開悟とは行かず

ポケモンは未だ現れず百千鳥

時差呆けの妙薬乞へり蜆汁

病室の窓に目覚めの桜かな

病廊を声過ぎ行けり春の闇

願はくは蛇の目借りたき春時雨

啓蟄や断酒七日のご託宣

ただ歩くことの嬉しき城の春

湯上りや今も昔の扇風機

夏帽子脱いで結界石の前
寂光の門すり抜けて夏燕

父の日を待たずに干せり祝酒

水団に舌焦がしゐる半夏かな

現世をセピアに染めてサングラス

自分史の余白を灯す蛍かな

熱視線浴びて男の日傘かな

再会を期して注ぎ足す冷し酒

山里の子も山彦も昼寝かな

ほうたるや闇にくつろぐ隠れ里

風灼けて真昼に拝す夜泣き石

父訪はな忘れをるらし更衣

烏賊の墨舐めて道産子気取りかな

生身魂いつもの顔の揃ひけり

海鳴りはアイヌの恋歌霧時雨

烏賊を干す風の行き交ふ波止場かな

秋ともし後ろ髪引く他生の縁

霧晴れて銅鑼鳴り渡る別れかな

ゆくりなくインクの匂ふ雁の書
地に還る木の実が一つ音立てて

耳奥に妣の声聞く虫の闇

だしぬけに宿痾顔出す敬老日

男気の俄かに跳ねて秋祭

酔ひどれと小皿を叩く夜寒かな

ルーペ手に世間を覗く夜なべかな

くノ一の身の上問へば秋の風

叙勲には縁なき月日文化の日

あら汁の五臓に沁むる初時雨

茶の花や弥陀の声聞く善の綱

湯豆腐や明かせぬままの胸の内

三つ四つ柚子引き寄せて湯浴みかな

猿子着る稚児の片言英語かな

日脚伸ぶきのふのけふの留守電話

枯蟷螂生きるつもりの仁王立ち

遊行

平成三十年

あかつきの夢に亥年の花の春

はにかんでぬつと手の出る春着かな

七種のいのちの匂ひ粥を吹く

災厄のその後に触れず恋の猫

けふばかり釈迦の末弟子初燕

捨てられぬ夢を肴に朧かな

初蝶やまめでゐるよと父のこゑ

初蝶や間口の狭き解脱門

お互ひに明日には触れず鳥雲に
不揃ひを褒めて買ひ足す蓬餅

遅き日を持て余したる独居かな

手庇に余る淡海の海市かな

桃の酒酌めばどこかに孫の声

春光の先へ先へと鳥の声

廃線の焼け木杭に花の雨

折合ひをつけて陣取る春の鴨

警策の近づく気配春の蠅

菜の花や律儀に刻む万歩計

雪形の痩せて受難のイエスかな

寝転んで少年となる芝薄暑

マロニエの花降る路地の道化かな

どの路地もワインの匂ひ夕薄暑

ギヤマンにワインを少し昼酒場

聖五月孔雀は羽根を持て余し

物乞ひを数多横目に聖母祭

目算の外れてばかり蠅叩

苔玉の呟き聞けり梅雨の月

世間との距離は程々蝸牛

誕辰や一人で啜る冷さうめん

今宵又不帰の客待つ端居かな

吽形の口元緩ぶ大暑かな

トラクター駆つて富良野の大夏野

風止んで軒風鈴の畏まる

ポケットに青春切符天高し

接待や両手で享けし塩番茶

秋夕焼背ナに同行二人かな

馬追や笈摺洗ふ坊の夜

虫の音や早や消灯の坊泊り

結願の朱印の滲み曼珠沙華

書き足しの墨書が匂ふ走り蕎麦

山門を出づれば濁世新走り
足止めて荻の声聞く一里塚

笈摺の列に分け入る阿波の秋

北に地震西に野分や空仰ぐ

漢皆酔ひ足らざるやちちろ鳴く

新走り噛んで色即是空かな

身に入むや遊行の果ての茶碗酒

友見舞ふ吾を待つかにおでん鍋

古里を離れ幾年木守柿

山眠る弥陀の声聞くかくれ里

梯子して魂置き忘る年忘れ

終電を逃し師走の風の中

思はざる人より便り寒昴

売り買ひの物差縮む寒さかな

鰭酒や手のひら舐むる燐寸の火

二歩三歩退いて確かむ注連の位置

留守電のボタン点して風邪籠り

峯雲

平成三十一年・令和元年

鶏鳴の空に吸はれし初茜

父酔うて眠れる頃や初座敷

余生いま上がりの見えぬ絵双六

一椀に日本のこころ芋頭

パンを手にかもめと遊ぶ春の航

海鳥の羽音に目覚む朝寝かな

どよめきのやがて沈黙修二会果つ

さればこそ少し酔ひたき西行忌

川べりにひとりの時間土筆摘

折の紐口で解いて桜かな

つり銭に異国のコイン万愚節

巡礼へ開く改札阿波の春

手に足に南の島の緑雨かな

うちとけて唄にも酔へり島薄暑

新緑を分けて令和の風の中

瞑想のやがてうたた寝新樹光

首伸べて明日を見てゐる羽抜鶏

改元の天地を洗ふ緑雨かな

飛び出でし蛇に男の悲鳴かな

玉繭の匂ふ土蔵の昏さかな

夏の灯や付箋の黄ばむマタイ伝
人待つやグラスの氷鳴らしつつ

峯雲や程よく保つ子との距離

軽鳧の子の寧き眼差し平成尽

うなぎ屋の二階は狭し初鰹

啄木の歌口遊む夜霧かな

十一面その正面の秋思かな

新涼の朔日粥を啜りけり

高階に棲んで縁なき虫の夜

ハロウィンのデコの口より孫の声

底紅や鐘と撞木の畏まる

秋惜しむ女杜氏の酌享けて

濁酒酌む糺の森に日照雨かな

秋日差す古書に昭和の匂ひかな

枯れ枯れてなほ杉玉の霊気かな

酒一合真顔で余す風邪心地

熱燗や五戒の誓ひ棚上げに

熱燗や持薬増やして古希の顔

宮鳩の雀と睦む神の留守

三人目はをのこと聞けり枇杷の花

添書の癖字一行返り花

まごの手を借りてしつらふ鏡餅

ましら酒

令和二年

抱き上げし赤子泣かせて初笑ひ

株長者念じて結ぶ初御籤

手を振つてひとりに返る三日かな

余生いまパン一斤の買ひはじめ

勤行の後の朝がゆ鬼やらひ

先取りの春に躓く微熱かな

お下がりの似合ふお河童花すみれ

玻璃を透く春日に目覚む五体かな

爺の息足してまんまる紙風船

二の午や徳利の肩に千社札

お下がりの赤い靴跳ね石鹸玉

膝に来し孫の片言雛の膳

つちふるや書棚に眠る堕落論

すれ違ふ巫女を見返る梅見橋

留守電に父の寂声彼岸過ぐ

道問へば地蔵が応ふ阿波の春

明日葉を噛んで時の疲寄せつけず

ごきぶりの飛んで寡男の厨かな

終活へ一歩踏み出す薔薇の門

水鉄砲爺が手を貸す試し撃ち

割箸を二人で分けて心太

手の甲の斑見せ合うてソーダ水

母の日の水琴窟の余韻かな

歩一歩父に手を添ふ青葉闇

子等の手の届く高さに枇杷たわわ

渡り来る鐘の音涼し遠淡海

天も地も灼けて正午の鐘の音

身に叶ふ孫と揃ひの夏衣

噴き出づるラムネの泡に泣く子かな

炎昼の七味の効きしうどんかな

まどろんで天狗と酌めりましら酒

哲学も五欲も離れましら酒

残暑いま指間零るる陀羅尼助

我が血引く男の子重たや小鳥来る

新涼や墨の匂へる李白の詩

自然薯のまるで受難のイエスかな

徳利をひと振りしたる秋思かな

国後の島影遥か秋の虹

稗の酒呷りアイヌの人となる

しばらくを秋津に貸せり帽の鍔

今生は道草ばかり草の花

日めくりの痩せて十月桜かな

母の忌の甘い香りの黄葉かな

木戸開けて月に酒酌む山家かな

卓袱台に未完の稿と寝酒かな

茶の花や声の揃はぬ五観の偈

大阿蘇の十一月の寝釈迦かな

枯野ゆく今日は国東明日は阿蘇

神の留守紅をさしたる宇佐の巫女

小春日のひとりも欠けぬ句会かな

酒一升抱いて人待つ年の暮

寄合の席譲り合ふ師走かな

人影の見えぬ冬田のけぶりかな

目算が立つて解きたる懐手

百日紅

令和三年

投げ独楽や三太に返る心地して

初夢や余生の余白限りなく

御降りや持薬増やして古希を過ぐ

客引きとちらと目が合ふ老いの春

見開きを伏せて微睡む春炬燵

父逝きて軒に残れる雀の子

春寒し終末時計の針の位置

耳に手を添ふれば聞え春の音

春風邪や余生大事と酒五勺

梅が香を起こす風待つ薄茶かな

お遍路や比丘尼に貰ふ日にち薬

のどかなる余生の真中俳と酒

春の夜の紅茶にジンの焔かな

極楽も地獄も知らず目刺焼く

亀鳴くや酒呑童子の盃受けて
島いくつゆるりと抱き湾の春

汁に入るあらと目が合ふ島の春

万愚節誰にも会はず終りけり

降臨の金鯱の構へ風光る

ポケットに去年の半券更衣

花前線追うて五月の津軽かな

限りなき光放てり堂薄暑

泥鰌鍋竹行灯を脇に据ゑ

一夜酒下戸も上戸も隔てなく

七十なほ寄り道ばかり百日紅

七十路の男ばかりや川涼み

前触れは引戸の重み梅雨に入る

鱧の皮噛んで手酌の誕生日

気負ひなく酔うて父の日終りけり

鱧美味し雨の浪花のガード下

不器用に生きて七十路沙羅仰ぐ
護摩焚いて我は仏弟子沙羅の花

一閃の一本背負ひ涼しかり

身のどこか風となりゆく河鹿笛

潮風の俄かに尖る島の秋

秋草を活けて放哉旧居かな

摂待はぬるき塩茶と島言葉

無造作に振つて注ぎ合ふ濁り酒

仄かなる焦げの香ゆかし茸飯

時の疫の出口は見えず衣被

秋澄むや値札の黄ばむ蚤の市

まどろんで月に酒酌む土佐泊り

四万十川の旬を肴に濁り酒

新蕎麦や一つ年取る心地ふと

小鳥来る電報めきし孫のふみ

春夫の詩思ふ秋刀魚のけぶりかな

休薬が処方となりぬ冬隣

北風や昼一本のバスを待つ

油断てふ言の葉よぎる今朝の冬

初雪や備への甘き旅衣

源流に一里と聞けり牡丹鍋

穏やかに知足の月日おでん酒

天狼や手垢に光る革手帳

冬日差す書架に昭和の匂ひかな

持て余すひとりの家居除夜の鐘

雁が音

令和四年

青竹のにほひ仄かや初手水

初日いま卑弥呼の鏡とぞ思ふ

すれ違ふ鬢の香仄か初ゑびす

豆撒きや与太と言はれし日に返る

余寒なほ日のある内の縄のれん

立春大吉きのふと違ふ風に遇ふ

断薬てふ託宣下りぬ蜆汁

日を返し風とたはむる石鹼玉

冴返る海の彼方の税通知

聞き分けて僧の摺足春障子

うららかやフランスパンを軽く焼き

のどけしや亡父の時計が正午打つ

み仏の頬杖真似て目借時

うららかや一本指のピアノ聴く

卒園や紐のほつれしミニ守り

十年酒古紙に包まれ亀の鳴く

お隣に倣ふ小菊の根分けかな

駆くる児の思はぬ迅さ飛花の中

春惜しむ湯めぐり手形ぶら下げて

轡なき馬のいななき青岬

源氏名の一会の名刺青簾

聞き分けて瀬音の中の河鹿笛

裸灯より蜘蛛下り来たる山の坊

武具飾る歩き初むる子の手を借りて

薄刃研ぐ音の澄みゐる夏のれん

梅雨晴や後ろ歩きの保母の笛

この辺り隠れ住みたや河鹿鳴く
落ちさうな入日映して植田かな

存へて蓼酢に咽ぶ鮎の宿

骨切りの音も涼しや隠れ宿

借景に秋雲生まる坐禅かな

秋立つや藻塩ひと振り朝粥に

あさがほや絵文字はみ出る孫のふみ

中元や重くなりたる子の名刺

さやけしや午餐を知らす魚鼓の音

雁が音や団塊世代老い知らず

風軽き秋野を抜けて柴又へ

飴切りの拍子軽やか赤とんぼ

聞酒や柾目の板に猪口三つ

小鳥来る青い封書に窓二つ

髪撫づる色なき風も御苑かな

菊酒や女杜氏は紅さして

あるがまま生きて七十路浮寝鳥

木枯や墓碑にクルスの刻み跡

猪鍋や少しあやふき紙の鍋

腰布を巻いて湯垢離や月冴ゆる

目で数ふ句座の空席十二月

女将まで酔うてお開き師走の夜

煤掃きや燃やすに惜しき恋御籤

あとがき

老後の業余にと軽い気持ちで踏み込んだ俳句の道であるが、早や十八年が経過した。顧みれば、平成二十八年第二句集『空性』上梓後間もなくして、田部谷紫編集長、小笠原和男主宰が相次いで亡くなった。突然羅針盤を失ったが、先師の説く『俳句は打座即刻、俳人は一日一生』を心とし、多くの俳縁を得乍ら、精進を重ねてきた。此処に、この七年間の三百数十句を第三句集としてまとめ上げた。

書名の「共生《きょうせい》」は、異なる種や個体が互いに利益を得ながら共存する概念であり、生命の尊重と一体感や相互依存を象徴している。初学の頃を思い返すと、自然界の美しさや四季の移ろい、人との出会いが自分の心の中に深く刻まれていることに気付く。この十八年間、俳句は、私の内面と外界を繋ぐ重要な道具となり、自分と人や自然・神仏との共生の意識を少しずつ育んできた。

手を振つてひとりに返る三日かな

五年間の海外駐在を終えた息子夫婦が、二人半の子宝を携えて、年の瀬に帰国した。孫達にお正月を体験させるべく、年末年始、私のマンションを提供した。そして、楽しかった思い出を胸に正月三日の朝方には住いの神奈川へ向けて出発した。以上が掲句の背景であるが、これらを十七音では到底表現出来ない。掲句を通じて、別れの瞬間が、季節や親子の絆と結びついて、深い感情を引き起こしている様子を読み手と共有出来たら幸いである。

この度の上梓に際して、お世話になりました安城初蝶俳句会の山本英子代表、鶴岐阜句会の皆様、ふらんす堂の皆様に心よりお礼申し上げます。

令和五年　九月

伊奈　治

著者略歴

伊奈　治（いな・おさむ）

昭和二十五年　愛知県岡崎市生まれ
平成十八年　「初蝶」入会
平成二十六年　第一句集『安心』上梓
平成二十八年　第二句集『空性』上梓
平成三十一年　「鶴」入会
令和五年　第六十四回安城文化奨励賞受賞

現在　「初蝶」立羽集同人
「鶴」同人
俳人協会会員

現住所　〒四四六－〇〇五六
愛知県安城市三河安城町二－一三－一
サンハウス三河安城十三A

句集　共生　きょうせい　初蝶叢書　第五十五篇

二〇二三年一二月二五日　初版発行

著　者——伊奈　治
発行人——山岡喜美子
発行所——ふらんす堂
〒182-0002 東京都調布市仙川町一—一五—三八—二F
電　話——〇三（三三二六）九〇六一　ＦＡＸ〇三（三三二六）六九一九
ホームページ http://furansudo.com/　E-mail info@furansudo.com
振　替——〇〇一七〇—一—一八四一七三
装　幀——君嶋真理子
印刷所——日本ハイコム㈱
製本所——㈱松　岳　社
定　価——本体二七〇〇円＋税

ISBN978-4-7814-1619-9　C0092　¥2700E